文芸社セレクション

我輩は犬ではある

加藤 泰広

KATO Yasuhiro

文芸社

目次

養子入り……2004年10月

　我輩は犬である。名はタローという。2004年8月17日、四国の徳島に生まれた。ラブラドールレトリバーの女3犬、男2犬の5犬兄弟だったが、生まれて間もなく姫路の訓練士に引き取られた。そこで我輩の婿入り先を探していたのだが、訓練士によれば、婿入り先が見つからないときは自分で飼ってもいいと思っていたらしい。と言うのは、引き取られた時から活発で物怖じひとつせず、訓練し甲斐のありそうな犬だったそうだ。ところが、縁というものは不思議なもので、微妙ないきさつをかかえながらも今の主人のもとに婿入りすることになったのである。

　今の主人の家は神奈川県の大磯町だ。先代のシェルティのタローが6年前に死んだのだが、14歳という高齢と晩年の病気で、その死に際があまりにかわいそうだったので、次の犬をなかなか飼う気にはならなかったようだ。先代のタローは外で飼われていたのだが、晩年は土中の寄生虫にとりつかれて腹に虫がわき、医者にはかかっていたが下痢が続いて何度も医者通いを繰り返したらしい。最後は食欲もなくなり、立ち上がるのも心もとなくなって入院したのだが、その時は極度の脱水症状と腎不全を起こしていたようだ。そんな中でも、主人が見舞いに行くとそれが主人と分かるようで、嬉しそうに顔を見つめながら自分で起き上がろうとしたようだ。この後の話になると、さすがの我輩も悲しくなって話しづらい。そこで、当時の主人の日記を拝借してこよう。

99・3・7（日）　このところ暖かい日が続いてすっかりポカポカ陽気だったが、今日は小雨の降る寒い日になった。先週医者に連れて行ったにもかかわらずタローの具合が悪いので、午前中に薬をもらいに行く。

3・13（土）　タローを先週医者に連れて行ったが、いっこうによくならない。支給された療養食は2日ほど食べたが3日目からは食べず、白いご飯をやったがこれも1日ほどで食べなくなり、

3・14（日）

今日はいよいよ何も受け付けなくなる。ヨタヨタしており状況は厳しい。

このところ寒い日が続くが、今日も曇りで寒い。

タローは全く力がなく、ヘタリ込んでしまうくらい衰弱している。朝、医者に連れて行く。

3・16（火）

極度の脱水症状とのことで即入院して点滴を打つ。

タローの医者より連絡。腎不全で敗血症を起こしており、意識の混濁が時々見られる、とのこと。

3・22（月）

春分の日。タローが入院して1週間になるので見舞いに行く。昨日、医者より連絡あり。

当面の危機的状態は脱したが、治療を続けながら様子をみていく状況とのこと。まだ1人では立てず、自分でモノを食べられない状態。飼い主はわかるが反応は鈍い。

明日、再検査の結果の数値がどう出るかで今後の処置の仕方を考えることになる。

3・26（金）　タローの医者から、今後の回復見込みはなく、お互いに辛い思いをするから安楽死させるのが最も負担を少なくする方法だとの知らせが来る。

3・27（土）　小学校の山桜がほぼ満開に近い。家の桜はまだ二分咲き。ミニカトレアのローズピクシーが二輪咲く。

朝方、今日は天気かと思われたがまもなく雨。気温は暖かい。午後2時、タローの病院へ行く。タローはやせて細くなり起きあがることが出来ない。飼い主であることはどうやらわかるようだ。目は見えているのかわからない。2〜3日家に帰すことは出来るとのことだったが、お互い辛い思いをするだけだし、四六時中見ていることも出来ず、安楽死を医者に任せ火葬後のお骨を受け取ることとした。今日はタローの命日。雨の降る暗い日だった。

主人は、この可愛くもかわいそうな最期の姿を忘れることができず、会社勤めの時でなかなか面倒も見切れなかったことも心の傷となり、なかなか次の犬を飼う気にならなかったようである。

今年の6月になって主人が会社を退職し、改めて飼う気になった時は余程の覚悟であったらしい。家族と同様に扱うと心に決め、人間にも劣らぬ賢い犬を選ぶというのが条件だったようだ。そこで我輩の登場となるわけだが、それまでにはまだ微妙ないきさつがあった。

先代のタローの仲人でもあった、主人の会社に勤める人に心当たりを尋ねたところ、2週間ほどで我輩が婿入り候補として浮かび上がったのだが、なにせ関西から神奈川まで我輩を運ぶわけだからそうそう「行ってきます」というわけにはいかない。仲人さんも東京まで行く予定がなかなかつかないところへきて、もう1つ問題があった。我輩の図体が大きくなって運搬用犬舎に入れられなくなる心配があったのだ。仲人さんもどうしたものかと一時は我輩の婿入りを断念しかけたようだ。主人は主人の方でやきもきと気をもんでいたらしいが、それまでの話ですっかり我輩を気に入っていたので、もし運んでくれる人がいなければ主人自ら姫路まで我輩を引き取りに行くつもりだったらしい。この話を聞いたときは、我輩も俄然一刻も早く新しい主人に会いたいと思ったものだ。ところが丁度うまい具合に、仲人さんの部下が東京へ行く用事があるというので、頼んで運んでもらうことができたというわけだ。

この話が持ち上がってから、我輩は図体が大きくなり過ぎないよう食事の量を減らされ、毎日腹が減って仕方がなかった。しかし、今考えてみれば、犬舎に入れたから今の主人に会えたわけで、まぁ、それはそれでよかったと思っている。

東京まで新幹線のグリーン車に乗ってきた。他の乗客への迷惑が心配だったようだが、思いのほかおとなしく来たので驚いたらしい。東京駅で主人に初めて会ったのだが、我輩があまりにおとなしいのでどうかしたのかとさかんに犬舎を覗き込んでいた。そりゃそうだ。何せ、朝から飯は食わしてもらってないし、おまけに小便をしないよう水も飲ませてもらっていないのだ。その上の長旅で、生まれて間もない我輩にとってはかなりしんどかったのだ。

東京からは今の主人と東海道線に乗って大磯まできた。この車中でも我輩があんまりおとなしいので、主人はさかんに気にして犬舎を覗き込んでいたが、どうも実際は我輩がどんな顔しているのか、どんな犬か気がかりであったらしい。

家に着いたと思ったら、とにかくどんな犬か興味があったようで、体中さわられ、抱え上げられ、ジロジロ見られ、「足が太い」とか「全然、物怖じしない」とか「いたずらっ子」だとか勝手なことを言う。それでも我輩を歓迎してくれているということはよく分かった。犬といえどもそのくらいは分かるものだ。そこを人間も理解してほしいのだが、そもそも人間は犬をペットとして飼うから間違いが起こるのだ。人間と同じように付き合ってくれればお互い不幸は起こらないはずだ。

ようやく水と食事にありつき落ち着いたが、先ずリビングが広くて嬉しかった。我輩にとっては運動場みたいだ。見るものさわるもの珍しくてとにかく端から端まで走り回って遊んだ。

その日の晩、初めて1人でケージの中で寝た。寂しくて夜鳴きをしたが主人は一度も様子を見にこなかった。これを親心というらしいが、様子を見にくると何時までも鳴き続けるからだそうだ。そのおかげか1人で寝るのも2〜3日で慣れた。

主人の家に来たのが2004年10月8日、生後50日で体重5・4kgだった。

我が家族と暮らし

さて、我輩のことはさておき、この家にどんな人間がいるのか話しておかなければならない。

この家に住んでいるのは主人と奥さんと次男のヤッちゃんだが、隣の部屋には88歳になるバーちゃんがいる。それともう1匹2歳になるシマリスのジローがいる。長男のヒデ君は登戸にある会社の社宅にいる。ここからそれほど遠くはないのだが、会社の始まる時間が早いらしく就職した時から社宅住まいだ。

主人は男で奥さんは女だ。主人は今年会社を退職し、二度目のお勤めをすることなくサンデー毎日を楽しんでいる。大阪勤務時代に始めた陶芸と、こっちへ戻ってから入った合唱団とバンド活動、それと最近入会した絵画教室の４つで手一杯というところだ。「40年のサラリーマン生活の結果、今があるんだ」が口ぐせで、とにかくサンデー毎日を謳歌している。とにかく時間を無駄にすることが嫌いでボケッとしていることは全くない。

奥さんは、「私も人生を楽しむ権利がある」という、いわゆる主婦の〝巣立ち〟の時期で、とにかくよくお出かけになる。主人は、「何をしても何処へ行ってもいいが主婦としてやるべきことだけはやってくれ」と常々言うのだがなかなかそのようにはなっていないらしい。これがいつも夫婦喧嘩のもととなっている。

ヤッちゃんは26歳になるのだが、生まれつき心身に障害があり、現在授産施設に通所して軽作業をやっている。知恵おくれがあり、現在も、ちょっと体の大きい小学生のようだ。大阪で生まれ7歳まで大阪にいたが、その頃、主人と奥さんは随分苦労したようだ。阪大病院での腎臓手術に始まり、臍ヘルニア、膝から足の手術で入退院を繰り返し、こっちへ戻ってからも横浜の子供医療センターに長い間入院していた。でもヤッちゃんは生来とても明るく朗らかで、そんなに長くてつらい病院生活にもぜんぜん滅入ることがなかったようだ。そして何より不思議なのは人間によく見られる〝ケガレ〟が全くないことだ。だからどこへ行っても人気者で好かれる。主人は、これは障害というものからくる逆効果現象だと思っている。

ヤッちゃんが我輩を好きでたまらないのはよくわかるのだが、気持ちよりも手加減がなくギュウギュウ抱きついてくる。これがウザッたくて仕方ないのだが、我輩はそういうヤッちゃんのお相手を一生懸命している。しかし、ヤッちゃんは我輩を弟と思っている。それは主人と奥さんが「弟を可愛がってやれ」と盛んに言っているからだ。ヤッちゃんは、今、活躍しているお相撲さんの高見盛に似ている。

シマリスジローは家族には大分慣れていて、主人が籠を掃除するときは家の中に放し飼いにされていたそうだが、一度庭まで逃げ出してしまい、主人が諦めていたら腹が減ったのか1人で家に戻ってきたそうだ。これには主人も奥さんもびっくりしたようだが、以来、籠に入れられっぱなしになったようだ。

長男のヒデ君は主人の転勤先だった広島生まれだが、次の転勤で大阪へ引っ越し、大阪での小学校を経て大磯へ来た。当たり前の入試と就職試験を経験し社会に出て6年たち、今、30歳だがまだ結婚していない。就職して以来始業時間も早いので勤め先の近くの社宅に住んでいる。ヤッちゃんとは性格も違い、どちらかというともの静かで口数も少ないが、意外と頭の中では思慮深く考えているタイプだ。主人は長男のヒデ君が人一倍気がかりである。もういい加減で結婚して跡継ぎの顔を見たいと思っているのだ。加藤家は豊臣秀吉の時代からの大名家なのだが、それが13代で「お家断絶」とならないよう早く安心したいのだ。しかし、心の片隅にヤッちゃんのことがある。つまり、主人の時代は障害者のいる家の人間と結婚なんてしてくれる人が、なかなかいない時代だったからだ。これが最も心配の種だったようだ。

主人はこの2人の息子に対し今尚なんとも言えないひけ目のようなものを感じている。転勤で広島に4年弱、大阪に8年暮らしたが、2人の子供の最も可愛い時期であり、楽しい思い出もあるのだが辛い思い出も沢山持っているのだ。

大阪時代、ヒデ君が幼稚園へ入園する予定だったものが急に保育所に変更となってしまった。奥さんがヤッちゃんの入院に付き添うこととなり、幼稚園からの帰宅時間には家に誰もいないことになるからだった。「どうして幼稚園でなくなったの」とヒデ君に聞かれたときは言葉もなかったようだ。学校に通うようになってからも、やはり奥さんがヤッちゃんの付き添いでいないため、主人が会社から早めに帰宅してヒデ君を迎えに行っていたのだが、授業の終了後、学童保育所の石垣に腰掛けて主人の迎えを待っている時の姿が、未だに胸に焼きついていて忘れることが出来ないようだ。小さい頃は朗らかに楽しく遊んでいたヒデ君が、小学校へ入ってからしばらくして物静かな雰囲気が漂うようになったのは、このあたりが影響しているのではないかととても気になっているらしい。主人は2人の息子のアルバムを大事に保管しているが、その学童保育の写真だけは未だに見たくないらしい。

主人も奥さんもこれらのことは全く自分たちの胸の内に秘めたもので、他人に到底わかってもらえることではないとの思いがあり、こういった背景が他の人達や我輩に接する際に反映されているようにみえるのである。つまり普通の人と同じような暮らしはできないのだ。人間というのは、その人の人生に起こる様々なことが、その人の行動規範を決めていくことがよくあるようだ。我輩には学習能力はあるが、このような思い出は常に過去のものとなっていくし、世間のしがらみというものなどは全くない。

主人も奥さんも老後2人になったらゆっくり温泉旅行でもしたいと思っていたらしいが、ヤッちゃんから目を離すことが出来ないので日々の生活はおおよそパターンが決まっている。ヤッちゃんは毎朝8時頃1人で駅まで歩き電車に乗って施設の作業所に行き16時頃帰ってくる。主人はとにかく趣味が多く、ウィークデーは陶芸、日曜日には合唱団の練習があり、土曜日はバンド練習で出かけ、夜には絵を描き、パソコンに向かっては陶芸の釉薬研究をしている。奥さんは一緒に陶芸をやっていることもあるが、お出かけは趣味のファイヤーアートでのサークル活動くらいで、普段は近隣のお仲間の家に行ってのおしゃべりだ。主人に比べれば時間を持て余し、主人にお相手をしてもらえることもなく、1人の時は寂しい思いをしているように見える。この生活パターンは夫婦だけの場合ならあるはずであった生活パターンを、分断せざるをえない事情があったからだろう。我輩がここへ来たのもこのパターンに変化を求めてのことだったのかもしれない。

隣部屋のバーちゃんは主人の家族とは別生活で、これはバーちゃん自身が希望したことらしい。90歳にもなるので買い物は主人がして料理は自分でしていたが、以前、ボヤ騒ぎがあって以来主人はオール電化にして火を使わなくてよいようにした。とにかく危なっかしいのでいつも主人はバーちゃんの部屋を覗き込んでいる。

タローという名

ところで、我輩のタローという名前だが、主人は早くからそう決めていたらしい。理由は、先代のタローの分まで可愛がること、次に、日本で最も親しみ深い名前だからとのことだ。家族の間では洋名がいいとか、長男のヒデ君などは「コテツ」がいいと言っていたらしい。今にしてみれば、〝コテッちゃん〟と言えばホルモン焼きの名前だし、日本の家庭に婿入りしたのだからやはりタローでよかったと思っている。

我輩が生まれたその年は台風の当たり年で、大磯の家に着いた翌日には静岡に台風21号が上陸して大雨が降った。その中をわざわざヒデ君が彼女のハナちゃんを連れて我輩に会いに来た。ヒデ君も大の犬好きで我輩が来るのを楽しみにしていたという。２人ともとてもいい人だ。ヒデ君が我輩に言葉を掛けるときなんかハナちゃんに話しかけるよりやさしい。相手が犬だからだと思う。人間だったら到底照れくさくて言えるような言葉じゃない。ハナちゃんはやせ型で、ひと目見て賢くて気がきく人だとわかる。こんな家に来たおかげで、今日、我輩の体重はもう６・０kgになっていた。

婿入りして10日後の10月18日、今度は台風23号が西日本に上陸し、死者が54名も出るような大災害を起こした。これは79年以来の大きな被害となった。と思ったら、お次は10月23日に新潟県に大地震が発生した。山間部であることと連続する台風の後のことで、これまた史上空前の大災害となった。これで終わりと思ったら、今度はインドネシアのスマトラ島沖で大地震と大津波が発生し、死者が20万人を超える大災害となったのである。

なにやら我輩の前途は波乱万丈の出足となった。

それでも体重は、２週間目には７kgと順調にふえていった。

大磯での生活の始まり……2004年10月

さて、我が家に来た翌日から、早速、トイレと「おすわり」、「お手」のしつけが始まった。「おすわり」と「お手」、それに「待て」は、これをしないとご飯をくれないからそれほど時間をかけずに覚えてしまった。しかし、我々犬一族はまず「オテ」とか「オスワリ」という音を聞いてどうすればいいか理解するのだ。その次に食事が出てくるだけだ。少なくとも我輩は〝餌〟の誘惑だけで覚えたわけではない。

オシッコとウンコはトレーに慣れるまで時間がかかってアチコチで粗相をしてしまった。夜にケージの中で寝る以外は家の中を自由に歩けたので、主人もこれは覚悟の上だったらしく、リビングは完全防備体制とまではいかないまでも、我輩のオシッコと爪による被害対策のために安物の敷物を敷いていた。間もなくこの敷物も我輩のオシッコだらけとなってしまった。主人は、「犬の経費で大体1ヶ月こんなもんだろう」と奥さんと話していたが、最近は、「予想が大分狂ったナー。まさか、椅子やスリッパや靴までかかるとは思わなかった」とボヤいている。

生後3ヶ月経つまで外へは出してもらえない。これは獣医さんの教えでもある。ばい菌に取り付かれるからだそうだ。昔の先輩達は赤ん坊の頃から外で遊んでいたし、食べ物といえば、所謂、人間の〝残飯〟だった。大体、人間の家の中に住むなんてーことは絶対なかった。雨が降っても槍が降っても木材で作った犬小屋にゴザ1枚で寝ていたのだ。今の〝お犬様〟はたいしたもんだ。予防注射に栄養バランスのとれたドッグフード、夏になればエアコン入りの部屋で完全培養だ。これも日本が豊かになった証拠だろう。人間と同じで、今の若い世代はとても恵まれている。でもそのおかげで犬の寿命も延びたのだ。

大磯での生活はこれから寒くなる時季だったが、天気のよい日は案外暖かく、主人に抱いてもらって外へ出た。とにかく、屋外に出るというのは抱かれてとはいえ今までなかったので、木でも草でも匂いを嗅ぐのも恐る恐るだった。時折、主人が「下りてみるかー」と言って地面に下ろそうとするがスッと足が下ろせなかった。主人は、「意外と臆病なんだナー」と言っていたが、確かに、走り出して捕まえるのに大変だろうという主人の期待に反して、下りた周囲をただヨチヨチと歩くだけだった。イヤー、今思えばそれはそれは慎重だった。その慎重さは今でも何をするのにも残っている。特に、食べるものは慎重だ。意外と思うだろうが、よーく吟味してからでないと食べない。1回食べて「よし」と思えば、二度目からは大丈夫だ。

12月に入って予防注射を受け、それから約2週間たって初めて遠くへの散歩となった。

しかし、ここで又主人が嘆いた。最初はJRの下を通る地下道に入れなかったのである。その薄暗いトンネルが何ともうす気味悪く、よーく〝吟味〟するのに大分時間を要した。その次は、下水道の上にかかっているグレーチングの上が歩けなかった。我輩には道ではなく落とし穴みたいに見えたのだ。主人は何度も自分で踏んでみて「大丈夫だ、大丈夫だ」と我輩に説明してくれたが、どうしてもすんなりと歩けなかった。とにかく、我輩は何をするのも〝慎重〟なのだ。今にしてみればなんてーことはないのだが、我輩にとっては何もかも初めての人間社会だから、今思えばよくパニックにならなかったと思うくらいだ。

散歩から帰ると主人は、

「この犬は臆病だナー、番犬にはとてもなれんな」と奥さんに言う。

我輩は「そんなこと言ったって」と上目づかいで主人を見ると、

「アッ、コイツ言ってることが分かったみたいだ。利口な犬だナー」と言う。

一体全体どうなってるんだ。

我輩にしてみれば一喜一憂する主人の方がよっぽどおかしく見えたものだ。

主人は犬の飼い方なる本を読んでいたので、生後間もない犬の散歩の時間が気になっていたらしいが、我輩は別に気にもせずせっせと歩いた。最初の遊び場は高田公園だった。ここは、小説家の高田保を記念して作られた公園で、坂田山のはずれの高台にあるのだが、ブランコと滑り台があるほかはほとんどが原っぱで土の匂いはするし草の匂いもするし、その上、仲間のフンも落ちていないから走り回るにはもってこいの場所だった。

しかし、滑り台の横にヘンな先客がいたのだ。上を向いて吠えている犬と、もう1匹は真っ直ぐこっちをにらみつけている動物だ。いかにも我輩が来たことが気に入らないようだ。これにはまいった。我輩も近づくのが恐ろしくて、しばらくの間、離れたところから2匹の様子をウロウロしながら窺うだけで少しも近づけなかった。これを見ていた主人は不思議に思ったらしい。

「お前、これ何だかわかんないのかー。大丈夫だから来いよ」、と言って我輩を引っ張っていこうとした。我輩は怖くて両足を突っ張って行こうとしなかった。

「へェーそうかー、わかんないんだー、お前に言ってもわからんだろうけどナー、これハリボテや、これ生きてないんだよ、来てみろ」と無理やり引っ張っていかれた。なるほどおかしい。動かないのだ。上を向いているくせに吠えない犬があるかと不思議には思ったが、こんなものがいるのかと思った。以来、これはただの作りモノだと分かった。

この公園でリードをはずしてもらって、しばらくの間、我輩1人で随分と走り回って遊んだ。寒い時期で、しかもウィークデーなので人も滅多に来なかった。主人はその間、ベンチの上に立って大磯港の灯台の方を眺めては、「今日の波はなかなかいいナー、潮の色もいい」と独り言を言っていた。昨年夏に、毎日のように行っていた釣りのことを思い出しているらしかったが、我輩が来てからは大好きな釣りに行けなくなってしまったのだ。

主人も我輩を過保護でひ弱な犬にはしたくなかったらしく、高田公園よりずっときつい湘南平まで行ったのも散歩を始めて間もない時期だった。湘南平は、JRで東京の方から来ると、大磯へ入ってから黒々とした高麗山と共に見える緑豊かな山だ。イャー、やっぱり野山は楽しい。野生に返った思いがしたものだ。寒い時期だったが我輩はちっとも寒いとは思わなかった。

おばさんの死……2005年1月

2005年1月18日、我輩をかわいがってくれたおばさんが死んだ。おばさんとは主人の妹で、茅ヶ崎のおじさんと結婚して子供はいない。やはり犬好きで柴犬を2頭飼っていて、2頭とも捨て犬だったらしい。前年の夏に肝臓にガンが発見され、入院して手術したがもともとは大腸に出来たガンが転移していたらしい。12月末頃に再入院していたが、みるみる体力が落ちて1月18日早朝に亡くなった。2頭の柴犬も、おばさんのお棺のまわりを悲しそうに嗅ぎまわっていたらしい。

おばさんは、まだ自分の体力があるうちに我輩に会いたいと言って、昨年、秋も遅くなった頃大磯の家に遊びにきた。我輩はおばさんの体調が悪いなど全く知らずに、ただじゃれて遊んでもらったのだが、おばさんと会ったのはその1回きりだった。亡くなる2～3日前から主人も奥さんも落ち着かない様子で、我輩も直ぐいつもと違う様子に気づいたが、それでも我輩の散歩だけは毎日欠かさず行ってくれた。

お葬式の日、我輩はいつもお世話になっている獣医さんのところで外泊となった。まだ何もわからずに泊まったので不安よりもただただ目まぐるしいうちに1日経った感じがした。

春の到来……2005年3月

今の地球は、温暖化とかいって冬でも暖かいらしい。主人に聞くと、昔は大磯でも毎年雪が降って近所の仲間とソリ遊びなどしたらしいが、今ではちらつく程度の雪しか降らなくなったらしい。とにかく、我輩は毎日主人に散歩に連れて行ってもらい、散歩コースもいろいろ増えて、高田公園コース、代官山コース、山の手コース、西小磯コースと、その日の天候により変える。

主人は万歩計を腰につけて、バッグに取り付けた時計を見てから散歩に出発する。そして、行く先々で、「ここまでで何分かかって何千歩だ」などと我輩に語りかけながら歩く。そして散歩をしている時に植物マップを作っている。何処に菜の花が咲くとか、何処にツクシが生えるとか、桑の葉が何処にあるとか、ホタルブクロが何処に咲くとか、それはいろいろである。そして、翌年のまた同じ季節に菜の花摘みやツクシ摘みに行くのだという。これは主人の性格を実に良くあらわしていると思っている。とにかくマメで几帳面だ。これは奥さんと正反対だ。

冬場から春先にかけては海岸に行くことが多くなった。冬の海岸は寒いが、見晴らしがきく上に人っ子1人いないことが多く、リードをはずして我輩1人で好きなように走れるからだ。以前、高麗山へ行ったとき、我輩はまだ小さかったが、通りすがりの人が怖がって「犬を放すな」と言われて以来、主人はよほど安全でないと我輩を放してくれなくなった。犬が人に危害を与えたときは、車と違って飼い主の一方的な責任になるからだ。我輩の犬種は生来人好きでこれが逆に災いしていることになっている。犬を好きな人間と嫌いな人間がいるのは理解できるが、人間は犬の気持ちを理解しようとはしない。我輩1人が悪いようでどうも気に入らない。

海岸に行くと主人は先ずおでこに手をやって遠くを見て「よし」と言って我輩を放す。最初は何をやっているのかと思ったが、人がいないのを確認していることだとすぐわかった。とにかく浜は広いから好きなように走り回れる。しかし、山とは全然匂いが違って、我輩の好きな匂いがほとんどないのだ。何を嗅いでもおんなじ匂いがする。これが所謂〝磯臭さ〟というのだろうか、我輩は、オシッコもウンコも臭いでするのだ。ところがオシッコの臭いもウンコの臭いもほとんどしない。でも、とにかく好きなように走り回れるのは楽しい。

3月は風が強く波の高い日も多いのだが、何の緑もなかった砂山に浜ぼうふうが生え始め、新しい緑が日に日に増えていく。これは何といっても素晴らしい。

ある日、帯のように海岸に打ちあがっている黒いものがある。主人はそれを手にとって触っていたがさかんにそれを集め始めた。海岸づたいに歩きながら拾っていき、やがてビニール袋が一杯になり、次いで、我輩のお菓子や時計の入っているバッグも一杯になった。それがワカメというものだとわかったが、海岸に沢山打ちあがっていて、主人はよく散歩しながら拾って持って帰ったものだ。

おかげで我輩の散歩も円滑に進む。又、4月には浜昼顔が砂丘一面に咲き、浜辺にピンク色の帯となる。海にはいろいろなものが落ちていて楽しい。先ず、小いわしが海岸に打ちあがることがあり、これはご馳走だ。主人も最初は心配してなかなか食べさせてくれなかったが、そのうち少しは食べさせてくれるようになった。しかし、中には釣り人が捨てていったおかしな魚もあり、その筆頭がフグだ。一度これを口にして主人に大いに怒られたが、最初は主人が必死になってフグを咥えて逃げる我輩を追っかけてきたものだ。しかし、どうもこの魚はおかしいということは我輩にも何となくわかって、食ったことは一度もない。

人間の生活のなかで

バーちゃんと我輩は普段の付き合いはほとんどない。大正5年生まれというから我輩が初めて会った時はもう90歳の一歩手前だった。とにかく危なっかしいから部屋のドアは閉じられていることが多く、1人でテレビを見ていることが多い。でも、時折、バーちゃんの部屋のドアが開いていることがあるので入って行くと、「来たなー」と言って我輩に食べ物をくれる。しかしバーちゃんは犬に人間の残飯を与えた時代の人間だから人間の食べ物をくれるのだ。それをみて主人は慌てて「それはダメだ」と取り上げられてしまう事がよくあった。

３月に入って間もない頃、バーちゃんが「便に血が混じる」と言い出した。主人は考えた末、大磯のクリニックに行ってみようといってバーちゃんを連れて行った。そしたら医者が神妙な顔つきで、「診断の結果は直腸癌」と告げたらしい。このまま放っておいたら間違いなく腸がふさがり死ぬと言われ、直ぐ平塚共済病院を紹介されたらしい。バーちゃんは最初「このままでイイ」と言っていたが、医師から「このままでいるとおいおい腸が詰まって死ぬよ」と言われ、手術を決心したようだ。そして３月22日、平塚共済病院に入院した。バーちゃんはS字結腸にガンができたらしい。

主人は週に何度か病院へ様子を見に行っていたが、これも主人が退職して元気でいたから出来るんだなーと犬ながら思ったものだ。幸い、手術も無事に終わり転移もなく順調に回復していった。こうしてバーちゃんは５月９日に退院した。

人間の世界にはいろんなことがあるんだナーと初めて気づいた。我輩の社会では少なくとも野生時代を除いたら何時も単独行動だ。自分の心配さえしていればいい。人間社会は夫婦というのがあってその子供があって、親もみんな一緒に暮らしている。1人で好き勝手な暮らしができないのだ。これを人間社会では〝世間〟というらしい。それだけに面倒くさいものだとわかった。我輩には〝世間〟というものが全くないのだ。

そんな中でも我輩の散歩は毎日続いている。春になればフキノトウが生える松涛台コースとワカメの取れる海岸コース。秋になると栗拾いに松涛台の奥まで行く。夏は陽が落ちて気温が少し下がる頃に行き、冬は気温の上がる日中となり、季節と天候によって変わるのだ。高田公園コース、西小磯コース、海岸から西小磯への長距離コースなど、もっぱら主人と我輩の運動コースだ。何処も土の道を選んでくれているので嬉しい。散歩は少々の雨の日でもある。よその犬を見ると合羽を着せられて歩いているのをみるが、あれは人間の感覚であって犬には鬱陶しくて迷惑以外の何ものでもない。犬にとっては雨に濡れるなど当たり前のことだ。ただ、散歩から帰って主人が我輩の足を洗い体を拭くのは大変だと思うのだが、人間と一緒に住むのだから我輩はじっとしている。

我輩も人間と同じで、食事量を増やせばすぐ太り、運動不足になるとすぐ体重が増えるから絶対に散歩は欠かせないのだ。

訓練生活始まる……2005年5月

5月に入ったら奥さんが知り合いに紹介されたという施設で我輩の訓練をすると言い出した。茅ヶ崎の海岸近くで「バウワウ」というところだ。主人は「へんな名前だな」と言っていたが、見学に行ったら、何頭もの犬がいて順番に訓練士に連れられて〝付いて〟、〝待て〟、〝座れ〟などを教わっている。

そもそもは野生の動物だから、人間社会の中で暮らすにはそれなりのしつけが必要だと言うわけだ。気ままに暮らしたいのだが、結局、訓練通りに出来れば、我輩も人間社会の中で心地よく暮らせるということは後日になってわかった。

この訓練は週1回主人の車に乗っていき、訓練は奥さんと一緒にやった。奥さんは我輩の覚えがよく、他の犬が我輩ほどでないのをみて嬉しがっていた。

そこの岩崎先生は厳しい。かつて自分の訓練していた犬が、飼い主が散歩をしている時に「待て」が出来なくて交通事故で死んだらしい。以来、それが自分の心に焼き付いていて悔いが残っているそうだ。だから二度とそういうことが起こらないようにということで訓練はとても厳しかった。

「バウワウ」というのは、アメリカ人は犬の鳴き声をそういうふうに聞こえるらしく、日本で言う〝ワンワン〟だそうだ。

初めての夏……2005年7月

気象庁が関東の梅雨明けを発表した。とにかく蒸し暑い。家のアチコチを歩き回って冷たいところ冷たいところと渡り歩いているが、それでも我慢できない。その中でも一番涼しいのは玄関のタイルの上だ。人間と犬とでは体温も違うし体感温度も違う。我が家ではリビングで静かにしていれば、日中でも風がありさえすればそれほど熱さを感じないらしいが犬はそうはいかない。

中旬になって庭でもニイニイゼミの声が聞こえるようになった。ようやく2～3日前からクーラーを入れてくれるようになり随分楽になった。クーラーの涼しい風に当たりながらケヤキの一枚板の机に寝転んでいるのは実に快適だ。

今日、初めてビデオなるものを見た。これにはおったまげた。テレビはここへ来た時から見ていたので、我輩には損も得もない世界のことだと慣れていたのだが、何とそのおんなじテレビに主人と奥さんがいるではないか。そこに何やら黒いちっこい犬がいて主人と奥さんが可愛がっているのだ。我輩はビックリして思わず立ち上がった。そうしたら主人が「タロー、これお前だよ。こんなに小さくて可愛かったんだー。顔つきも子供だナー」と言うではないか。いやー、これにはおったまげた。犬には学習能力はあるが思い出というものはない。人間と言うのは写真とかビデオで、自分や家族の思い出をこしらえるものだと初めて知った。

夫婦喧嘩は犬も食わないというがこれは全くその通りだ。主人と奥さんもしょっちゅう喧嘩をする。大体は主人の方が筋が通っていて、主人は理論づくめでやり込めるので奥さんは完膚なきまでやられる。理屈では主人にかなわない。奥さんはすぐカッとなり「もう、いい!!」と感情むき出しになる。この異様な雰囲気は我輩にとっては耐えられない気分になる。とにかく、そのピリピリした雰囲気は、殺気というか〝イヨウ〟なのだ。これは恐らく我輩の動物本能が感じるものなのだろう。自分の居場所がなくなったようで、オロオロして部屋の中をアチコチうろうろしてしまう。主人はそれにすぐ気が付いて、「よしよし大丈夫だよ」と言って我輩を抱くのだが、喧嘩はそれでも終わらない。

そんなだから昼飯時は大抵我輩と主人の2人きりだ。主人は、大抵の場合、昨日の残りご飯と冷凍食品をチンして食べている。「今頃、お前のカーチャンはおいしいものを食べてるんだろうな」と我輩に話しかけるのだが、我輩も「そうですね」とも言えず、いつも我輩がすまなそうな顔をするしかない。食事が終わると、マメな主人はキチンと洗いものをしてフキンもゆすいできれいにしておく。これが又、型にはまっていて奥さんと逆になったらいいと思うときがよくある。

主人と奥さんは社内結婚だ。主人は社内に結婚を決意した女性との恋が破局となったらしいが、それは金色夜叉の話のような事だったという。主人はそれで二度と自分が惚れた相手と結婚することはしないと決心し、そこで自分に惚れていた今の奥さんとの結婚を決意したのだ。奥さんは入社した時から主人のアシスタントとして事務をしていて、決して美人とは言えないが〝アトミックのオボン〟と呼ばれ、健康で人気ある女性だったようだ。主人は30歳前にはどうしても結婚したかったようで、29歳と11ヶ月で結婚した。主人の学生時代の仲間からは、結婚が一番早いのは加藤だ、と言われていたようだが、結局、一番最後だったらしい。

主人も奥さんもすごく我輩に優しくしてくれるが甘えるには奥さんの方がいい。我輩のいたずらが過ぎると奥さんはすぐ頭にきて怒鳴るけど、その時だけおとなしくしていればいいので何とかなる。一方主人の方は怖い。我輩があまり言うことを聞かないと、時々、力まかせにでんぐり返され、押さえ込まれてしばらく身動きひとつさせてくれない。その後で、なんで怒られたか懇々と話しかけてくる。これはかなり堪える。賢いからそこまで懇切丁寧に説明しなくてもと思うのだが我輩が済まないと言う顔をするまでお小言だ。

満1歳……2005年8月

8月になると連日湿度は60%を超えるようになりとにかく蒸し暑い日が続いた。家の中がわかってきたので冷たい所冷たい所を選んで寝転ぶ日が続く。昔の犬はシャワーなど全く浴びることなどなかったが、近年は犬も人間と一緒に家の中で暮らすことが多くなり清潔にしていないといけなくなり、シャワーを浴びることになった。我輩が大きくなったので主人も裸になって風呂場で一緒に水浴びだ。シャワーは気持ちがよく直ぐ慣れたのだが、翌日の夜中に体がむずがゆくて目が覚めた。主人を呼んだら奥さんが起きてきた。その日に病院へ行ったのだが、どうやらシャンプーの影響でひどい湿疹ができてしまったらしい。注射をして薬を飲んだおかげで翌日には元気になったが、首の左側の傷口の炎症がしばらく激しくじゅくじゅくと分泌液が残った。後日、獣医の所へ健康診断に行ったのだが皮膚病は順調に回復していると言われて安心した。夏の時期、我輩のようなレトリバー系の犬は皮脂腺が活発に活動し、敏感になって耳の裏が赤くなるのはその証拠らしい。人間の家の中にいると自然浄化作用が働かず、この時期にシャンプーをすると皮膚病を発生することがあるので、1週間に1回程度の体の洗浄が必要と言われて犬ながら感心して聞いたものだ。

この頃は夜になると2階にあるヤッちゃんの部屋にはエアコンが入るので、我輩は自分で階段を上りドアをノックする。ヤッちゃんも心得ていて中へ入れてくれ「そこで寝な」というので、朝まではヤッちゃんのベッドの下で寝ることになっている。

8月26日には初めて台風というものを経験した。台風は伊豆半島から相模湾を通り三浦半島をかすめて千葉に上陸したのだが、我輩は夕刻から本能的に空気圧の変化を感じ取って落ち着かなかったのだが、とうとう午前2時頃恐ろしくなって夜鳴きして主人を呼んでしまった。

主人の外遊……2005年9月~12月

2005年9月に突然主人が家にいなくなった。奥さんから船に乗って世界1周に行ったと聞いたが、我輩にはなんのことかさっぱりわからない。奥さんもヤッちゃんも我輩の面倒をよく見てくれたが、なんか主人のいない生活は今までと違うのだ。これは不思議なものだ。我輩に食べ物をくれて散歩してくれるのは奥さん、ヤッちゃんは以前と同じように我輩をギューッと抱く。これは今までと変わりない毎日の生活なのだが、なんかおかしい。主人がいるといつも主人が中心となった生活なのだが、何処の誰を頼っていいのかわからなくなってしまうのだ。

そして人間社会でいう嫁・姑問題というのはここでもご多分にもれずあったようだ。奥さんは主人から言われていたので、危なっかしいバーちゃんの部屋を時々偵察で覗くのだが、バーちゃんはこれがお気に召さず、茅ヶ崎のおじさんに頼んで部屋に鍵を付けてしまったのだ。まぁ、とにかく我輩は大磯へ来てまだ1年だから人間の生活などさっぱりわからない1年だった。

　こんな生活が3ヶ月続いたのだが、12月15日、突然主人が玄関に現れた。いゃー、うれしかったなーその時は。我輩は主人に飛びついて喜んだ。主人は我輩に忘れられたかもしれないと思っていたらしいが、犬は主人として受け入れて一度受けた恩は絶対に忘れない。そこが人間と違うところだ。

　この3ヶ月半で我輩の体重は40kgまで増えてしまった。主人がいる時と比べて散歩量が減っていたのが原因のようだ。主人は慌てて帰宅後から散歩量を増やした。我輩は何ともなかったが主人としてはかなりハードだったろうと思う。それからの1ヶ月で36kgまで落とすことが出来た。

　我輩の体重ばかりでなく、主人の大事にしていた盆栽もほとんど枯れてしまったようだ。夏場の水遣りが足りなかったらしい。主人がいないとこんなにも生活状況が変わるものかと改めて感じたものだ。

ジローの死……２００６年７月

２００６年７月11日、弟分のシマリス、ジローが死んだ。99年の５月にこの家に来たので６年２ヶ月も生きてきたことになる。シマリスで６年とは長寿であるが、我輩がこの家に来てから９ヶ月のことだから同じ生きものとしてはとても寂しい。年齢はジローの方がずっと上だが図体は我輩の方がずっと大きいので弟分と思ってきた。最初は我輩が危害を加えるのではないかと主人も随分心配したらしいが、人間以外は２人きりなのでそこは同じ生きもの同士、我輩としては年上のジローを随分可愛がったつもりだ。年はとっていたが、我輩が来たころはまだ元気があった。時々籠を覗いては声をかけたのだが、犬の愛情は通じないのかなかなか我輩にはなつかなかった。しかし、ジローもヒゲをピンピン動かしながら我輩の顔を見ていたから満更でもなかったと信じている。

主人は次男のヤッちゃんと、「最近、ちょっと元気がなくなったなー。暑さのせいもあるのかなー」とさかんにジローを眺めながら言っていたが、昨日から床や枝の上でウツラウツラして動かなくなり急に元気がなくなった。主人が籠をゴトゴトたたくとビクッと反応するのだが、また直ぐ寝そべってしまう。主人も奥さんも「そうっとしておこう」と言っていたが、どうもそのとき覚悟したみたいだ。

「なんで死んじゃったかわかるかー。年もとったけどさー、家族の気持ちがジローからタローのほうに移って寂しくなって死んだんだよきっと。そう思わないか」と主人がヤッちゃんに言った。「そう思う」とヤッちゃんが小さな声で言うのを聞いて、我輩も複雑な気持ちがしたものだ。この家の人達は皆んな我輩を可愛がってくれるので実に気分がいい。主人は我輩を犬扱いしない。ホントの人間の家族と同じようにしてくれる。きっとこの気持ちが今まではジローに向けられていたんだろうと思うと、ジローにとても申し訳ない気持ちで一杯だ。

加藤家に変化が……2008年〜2009年

歳をとって大きな手術と入院をするとガクッと体力が衰えるそうだが、これは犬族も全く同じだ。バーちゃんも退院して約3年半となり、平塚共済病院での定期的な診察も終わったが、1年ごとの体力の衰えは我輩の目でもわかる。よく生きているナーという感じさえするのだ。主人は90にもなればもう充分生きてきたと思っているようだが、近年は長生きの人が多くなり、90歳なんて珍しくない時代になっている。しかし、長生きしても体力は間違いなく衰えていて、それが周囲の人たちに大きな負担になりつつあるのだ。

主人はもう1年ほど前からバーちゃんの食事を作ってきているのだが、よく食べるのでとても安心し、それならと食事の量を増やしたりおやつを置いたりしたのだがどうもおかしい。食事は与えるだけ、おやつもすぐ無くなるのだ。そしてある日から度々下痢をするようになった。それが後日満腹感を感じない過食症と分かり、主人はそれ以来バーちゃんの食事量を元に戻した。

もうこの頃はバーちゃんも紙おむつだったが、それを自分で替えられず、オシッコが満杯で飽和状態で引きずるほどになり、おまけに部屋中下痢便をダラダラするので主人も奥さんもその掃除で大変だった。「まーたかよー」と主人がうんざりした声で奥さんの助けを借りて掃除をしていた。

ところがそれからまた大変なことが起こった。主人が部屋に入ると、何かをなめたり食べたりしているではないか。何とそれがハンドクリームと冷凍庫に入れてあった冷凍食ではないか。もうこれには主人も奥さんもビックリ仰天し、以来、冷蔵庫内には何も入れないことにしたのだ。火の扱いも以前ボヤ騒ぎで床まで焦がしたこともあり、ガス台は既にＩＨに交換してあったがこれにロックをかけ使えないようにした。バーちゃんは「動かなくなっちゃったよ」と文句を言っていたが主人は「あらそ〜う」とごまかしていた。

主人はバーちゃんの介護を奥さんに任せずほとんどすべて自分でやっていた。これは主人の〝嫁・姑〟論からだろう。何処でもそうらしいが、母親が嫁に息子を取られたという感覚から〝嫁・姑〟関係が生まれるようだが、我が家でもバーちゃんが奥さんに何となくつらく当たるのを見てきた。それを主人もわかっていたのだろう。だから敢えて奥さんに介護を頼まなかったのだと思う。

そうこうするうちに、ある日聞きなれないピンポンが鳴った。不思議なものでドアホンを鳴らすタイミングや強さが人によって違うのだ。我輩には主人の鳴らすピンポンとヤッちゃんや奥さんの鳴らすピンポンの違いが分かる。これも本能なのかドアホンの音とともに外にいる人の雰囲気まで感じ取ることができるのだ。だからよその人の鳴らすピンポンには我輩は〝人が来たぞ〟と知らせるのだ。

その日は何処からどう情報を得たのか、大磯町役場からバーちゃんの様子の聞き取りが来た。ケアマネとかいう人が来て介護施設への通所を薦めにきたらしい。それで「れんげの郷」というデイサービスを利用することになった。しかし、その施設のデイサービスも1年が限度で、２００９年6月からは「恒道園」というショートステイ施設を利用することになった。主人もバーちゃんから目が離せなくなった状況になって、仕方なく施設を利用することにしたのだが、そこは映画でよく見るような、監視員が高い場所から広場でたむろする受刑者を見張っているような風景に似ていてビックリしたようだ。「ナンだ、結局、無事にお預かりするということだけなんだなー」と主人と奥さんが言っているのを聞いた。

この頃にはバーちゃんも認知症が進み、主人が施設を訪問するとバーちゃんが「あの人達が私の来るの待ってるのよ」と旅行に行った積もりになっているのに主人も驚いたらしい。

バーちゃんはショートステイだから家に帰ることもあり、主人は我輩の散歩にバーちゃんを連れて散歩することがあった。少しでも運動した方がイイとの主人の気持ちだろうが、我輩にはバーちゃんの足取りに合わせるのがもうウザったくて仕方ない。何せ人間でいえば20歳くらいの元気盛りだから早く前に行きたいのに少しも進まないのだ。歳はとりたくないとつくづく思ったものだ。

9月になりいつものように散歩に出かけた。今日は海岸だ。海岸には小魚やわかめ、昆布などいろんなものが打ち上げられ我輩も楽しい。しかし、打ち上げられたものの中に釣り人の残した釣り糸や釣り針があり、これが我輩にはよくわからない。主人は経験からかそれをすぐ見つけては避けて通るのだが「針はなー、一度刺さったら取れんのよー」と我輩に説明する。我輩の食事は常に満腹するほどの量をくれないから、食いものがあれば口に入れてしまう。しかし、中にはよろしくないものもあるらしく、食ったコンブのせいか夕刻から嘔吐と下痢を繰り返してしまった。

9月中旬、バーちゃんがいつもの時間に起きないので主人が部屋に入ると、バーちゃんはベッド脇に落ちたままで意識朦朧としているではないか。主人はすぐかかりつけの医師に相談し救急車にて東海大大磯病院へ運ぶこととなった。その日は20時まで検査が続いたが、帰宅してからもバーちゃんは依然として意識朦朧状態で主人は付きっ切りの介護をしていた。

この年はまだバーちゃんもコミュニケーションが取れていたが段々と認知症が進み、足元も危うくなり、話すことがちぐはぐしてきたのだが、同時にこの頃奥さんにも変調が見られるようになってきたのだ。

四季散歩

日本には四季があって、春は木々の緑も美しく山へ行くと匂いがいい。主人に話を聞くと、昔は田んぼが沢山あり、ザリガニやドジョウもいてヤンマが飛びかい蛍もいたそうだ。土筆摘みやノビル採り、菜の花摘みをしたが、その代わり蛇もよくいたそうだ。それはそれは気持ちの良い春だったらしい。しかし、今ではすべて宅地化され田んぼもトンボも蝶もいなくなってしまったという。散歩をしているといつも同じように主人は独り言を言う。「変わっちゃったナー。昔はよかったのにナー」と。

夏は、今の時代日中はもう歩けない。その昔、日射病という病気があったとは聞いている。しかし、近年は熱射病とか熱中症というらしい。つまり、人間も自分が気が付かないうちに暑さで死ぬらしいのだ。主人が子供のころは気温が30度など滅多になかったという。地球全体の温暖化もあるが我々の散歩道のほとんどが舗装されてしまった。我々犬族は人間のように背が高くないから地熱の直撃を受けるからたまらない。よく見ていると、犬も同じと思って散歩している人間をよく見かける。地面からの熱でアヘアヘしているのにヘッチャャラで散歩している飼い主がいて、我が仲間の姿を見ていると気の毒になってしまう。何とマー、身勝手自分本位の人間だろうと思うのだ。しかし、主人には感心するのだ。とにかく几帳面というか、舗装してない道を歩くには何処をどう歩けばいいかコースをちゃんと考えているのだ。

秋は山奥の栗拾いコースが主体だ。栗の木は沢山あるので夕方に行くと沢山落ちていて大きなビニール袋に一杯になる。それも大きく立派な栗の実だ。地主さんがいるようだが囲いも仕切りもなく、誰でも入れるようだ。しかし、我輩には苦手な場所なのだ。あのイガの棘が我が足に刺さるのだ。近年の犬族は人間と同じような生活環境で肉球もヤワになっているのかもしれない。

冬になるとコースは湘南平から高麗山コースまでと長くなる。お正月には箱根駅伝があり湘南平の頂上からＴＶ放送が行われる。それをよく観に行ったのだが、山々はやはり寒々しく緑もないしなんの匂いもなくなりつまらない。

変化は進む……２０１０年

２０１０年に入ると奥さんの様子に変化が見られるようになった。これが後に判明する〝認知症〟なるものとは夢にも思わなかった頃だ。

５月のある夜中に２階でゴトゴト音がする。奥さんの血圧が１７０で気持ちが悪く顔が熱いというので救急車を呼んだのだ。東海大大磯病院へ行ったらしい。我輩は一体何事か目を見張るばかりでケージの中で落ち着かなかった。

実は昨年９月にある業者が来た時のこと。ちょうど散歩に出かけるときだったので「さぁ、行くぞ」とばかり我輩がリードを引っ張った拍子に、業者に気を取られていた奥さんが玄関前の石段で足を踏み外し、転げて頭を打ってしまった。直ぐかかりつけ医院へ行ったのだが、その足で、即、東海大病院へ行くことになった。散歩を中止して留守番をしていた我輩はハラハラして待っていたが、ＣＴ撮影では頭部に異常はなかったものの、嘔吐感とめまいがするとのことでその日は早寝したようだ。我輩のしたことがもとで奥さんの調子が悪くなったのかと気が重くなったが、あれはどうみても奥さんが気を取られていたからとしか未だに思えないのだ。

今年の夏は非常に暑い。気象庁の発表では、今年の日本は113年間の観測史上最も暑い夏との報道だ。温暖化は間違いなく進んでいて、我が家の庭の生態系も変わってきていると主人も言っている。いままで丈夫に育っていた植物が一斉に枯れてしまい、今までになかったものがはびこっているらしい。

11月、ホームセンターに買い物に行っていた奥さんから具合が悪くなったと主人に連絡が入って、主人はバイクでホームセンターに駆けつけた。バイクをホームセンターに1日置かせてもらって、奥さんの乗っていった車で東海大病院へ行ったのだが15時から16時半まで病院にいたようだ。精密検査の結果、何も異常は見られず神経的なものではないかと診断されたようだ。最近、奥さんにはこんなことがよくおこるようになり、主人の心労も重なってきているように見える。その日、主人は陶芸の窯を焚いていたのだが、ヤッちゃんに窯の火を止めてもらい、バーちゃんのホームステイからの帰宅を受けてもらった。あの難しそうな窯の火をとめたり、バーちゃんの帰宅を待つなんていうことがヤッちゃん1人でよく出来たナーと、ケージの中からハラハラしながらも感心してしまった。

平静ではない平成……2011年

昨年末からバーちゃんの起床時間が遅くなった。立ち座り、トイレ、入浴も自分では怪しくなってきた。そして奥さんも物忘れが激しくなり、主人がアタマを抱えることが増えつつある。

我輩の散歩はよほどの雨でない限り毎日欠かさず連れて行ってくれたのだが、この2011年から2015年の主人の毎日の生活は、とにかくバーちゃんと奥さんの面倒を見るという暮らしが続くことになるのだ。主人がそれを苦にしている感じはなかったが、とにかく手間のかかることと気を張ってばかりの生活で疲れていくように見えた。

ある日の朝、と言ってもまだ世の中の人が起きる前の時刻に、バーちゃんがパジャマのまま玄関を開けて外に出ていくではないか。門のカタンという音も聞こえた。こんな事今まではなかったので何しに行くのかと思ったのだが、主人も奥さんも起きてこない。後でわかったことだが、主人が気付いたのはバーちゃんが戻ってきた時のことだったようだ。これが、所謂、徘徊というもののらしいがいよいよここまで来たかという感じがしたものだ。

3月11日、驚くべき事態が起こった。所謂、東日本大震災だ。散歩から帰って一服。14時46分のことだ。凄い揺れがガタガタと起こりかなりの時間揺れた。我輩は地震というものを知らないが、自然の起こす異常は何となく感知する。主人も奥さんも我輩を抱え「大きいぞ」と身構えていたが、何度か繰り返し揺れが起こる。この大磯ではここまでで済んだのだが、さて、それから後の悲惨な出来事は人間の世界で話してほしい。原発事故、計画停電と我が大磯にも多大な影響が出てくることになったのだ。

4月にとうとうバーちゃんは「幸寿苑」という介護老人保健施設という施設に入所することになった。なかなか空きがなく、今までショートステイで過ごしてきたがいよいよ家から出ていくことになった。老人とはいえ、やはり1人の人間が引っ越すのだからそれなりの荷物を揃えねばならない。もうこの頃は奥さんを頼りにできず、主人はすべて1人で処理していった。

さあ、こうなると主人の行動は速い。バーちゃんがいなくなった日からバーちゃんの部屋の大改造と大掃除が始まった。もうこの家には戻らないと思ったからだ。これを他人は非情というかもしれないが、主人は常に前を向いて行くタイプだ。最近の言葉でいえば、ポジティブというのだろうか。主人は想い出というものは何のためにもならないとまで思っている。想い出は楽しいと思う時間があり、その賞味期限を過ぎると決して楽しいものとは限らないというのが主人の思いだ。だから、亡くなった人の部屋を何時までもそのままにしておいて故人を偲ぶなどという思いは主人にはない。その思い出は自分にとって切ないばかりで自分のこの先に役立つものとは思わないのだ。

数日、バーちゃんの部屋に閉じこもりで整理整頓が続いた。我輩が入って行っても座る場所もない。燃えるゴミ、不燃ごみは町のごみ収集日に出し、大きく安物で不要なタンスなどの大物はごみ処理センターに運び込み処分をしてきた。しかし、それだけで済むわけでなく、残るものの置き場によってリビングやその他の部屋も変わらざるを得ない。かれこれ全てが終わるのに1ヶ月近くかかったろうか。

しかし、加藤家は幸せというか運がイイというか、主人のような自主・自立、自助・努力、自己責任主義で几帳面な人間がいるから、誰も頼りにせずそれほど苦もなく出来るのだろうと常々思う。


この頃、我輩の訓練の場所が変わった。茅ヶ崎の海岸近くの岩崎先生のところから平塚にある同じ名前の「バウワウ」という所に変わった。茅ヶ崎の経営者の親戚らしくそっちへ行ってあげてと言われたらしい。そこで高橋先生と知り合った。元は茅ヶ崎の方で訓練士の見習いをしていたらしい。

それとほぼ時期を同じくして我輩のかかりつけ医も変わった。それは主人の考えでもあった。

我輩は忘れたが、これまでの獣医のところにいた犬に輸血が必要になり、我輩が候補となったということらしい。それで奥さんに連れられて行ったのだが、臨時医が我輩の血を採ったらしい。そこまではいいかもしれない。しかし、その後、なんの挨拶もなかったというのだ。〝有難う〟の一言もないうえ、犬が助かったともダメだったとも連絡なく、それに主人はアタマに来ていたのだ。それで高橋先生が推薦する平塚の「りょう動物病院」に行くことになったのである。

5月23日、主人のところへ幸寿苑から電話が入った。バーちゃんの様態が急変して東海大病院へ搬送したというのだ。主人と奥さんはすぐ駆けつけたが既に心肺停止の状態でそのまま亡くなった。しばらく前、主人はバーちゃんがいつもなら寒いと言って電気毛布を離さないのに、電気毛布なしで平気な顔しているのでおかしいと思ったらしい。その時には既に心臓に異変があったのだろう。施設内の死亡とあって警察の検視があり、死因は急性心不全ということでその日にバーちゃんは遺体となって家に戻ってきた。この日から3日間は我輩は訓練の高橋先生宅に外泊となった。先生宅には我輩の友達が沢山いて楽しい。夜、寝る時間になると他の仲間は先生に連れられて寝床に行くのだが、我輩は自分の寝る場所はもうわかっているので1人ですいと入って行くと、先生はこれを見て「賢いねー」と驚いていた。

帰宅してからも落ち着かない日々が多かったのだが、散歩だけは毎日欠かさず行ってくれた。しかし、バーちゃんが亡くなったと思ったら今度は奥さんの物忘れが激しくなり、またまた主人の毎日は忙しくなっていったのだ。

今年の梅雨入りは観測史上2番目に早い5月28日だった。しかし5月にしては肌寒い日が続いた。

梅雨が明けると今度は一気に気温は高くなり34～5度の日がザラにあった。

7月に入ると奥さんの物忘れはひどくなりアチコチの病院で検査を重ねた。主人も精神内科、精神科などで言われる診断がそれぞれ違うのでイライラしていた。ある時はうつ病と言われ、ある時はパーキンソン病の疑いがあると言われ、処方される薬は医者のすることだから信用せざるを得ないのだが、足からふくらはぎにかけて紫斑やむくみが出たり、肝機能が低下したり、不安症がでたりで主人は奥さんから目を離せなくなってきた。どう考えても薬が原因ではないかと主人は考え、処方される10種類をも超える薬をネットで調べまくってその効能と副作用を記録していた。そして後日、主人の考えで処方された薬を数種やめたらむくみや紫斑が消えたのだ。以来、主人は医者の出す薬を信用できなくなったのだが、何しろ医師の処方する薬をすべて拒否するわけにもいかず悶々とする日が続いた。

この頃になると奥さんはもう銀行口座の暗証番号も印鑑もどれがどれだかわからなくなっていて、全てお任せだった主人はすべての口座の暗証番号と印鑑の変更を余儀なくされたのだ。それはそれは大変な手間だったようだ。奥さんの車の免許証もとうとう大磯警察署に返納した。

そしてとうとう9月にアルツハイマー型認知症という診断が下されたのだ。

この頃には洗濯、調理、掃除は主人の日課となっていた。これがキッチンのリフォームの原因となるのだ。そもそもこの家を建てた時、キッチンの収納棚が低くて主人の頭にあたるのだ。セキスイに「低いけれどこれでいいのか」と聞かれたが、奥さんがそれでイイと返事をしてそうなったのだが、それが今になって禍となったのだ。とにかくモノの出し入れの時も食器を洗っていても、上の収納棚が頭に当たるのだからたまらない。

こんな生活が続いたせいか主人も心中冷静を欠くこともあるのだろう。我輩がちょっということを聞かないとケージに腕力で押し込めるのだ。それでうっかり主人の手を噛んでしまった。その日、夕刻から絵画教室に行っていた主人が早く帰ってきたではないか。何でかと思ったら我輩が噛んだ右手が痛くなり、気分も悪くなり37・2度の熱があったらしい。すぐ東海大大磯病院へ行って破傷風の注射を打ったらしい。我輩が悪いのかなー。

我輩どころでない……2012年

２０１２年になると奥さんの不安症がひどくなり、主人が出かけていなくなると気分が悪くなり、血圧が１７０~１８０にまで上がり、目がくらんだりふらふらして歩けないということが多くなった。主人は時々バンド練習に出かけるのだが、ふと後ろを見ると奥さんが主人の後を付けてきたらしく、都度、主人は「家で待ってて」と諭すことがたびたびだった。そんなこんなで四度ほど救急車で運ばれたのだが、検査の結果はいずれの時も異常が認められず、自律神経の問題ではないかと言われたのである。

以来主人は処方された薬を飲ませ、ゆっくり寝ているよう言うとそれで治まることが多くなった。

10月にヒデ君が結婚した。お相手は以前付き合っていたハナちゃんではなく、会社関係の仲間とのことだ。主人はお相手や両親がヤッちゃんのことを承知しているのか不安で仕方なかったのだが、結婚前に家に連れてきた時、ヤッちゃんに会っても全く違和感なかったので、事前にヒデ君がそれなりに話をしていたのかなと思いそっとしておいたようだ。結婚式の日、主人は沢山の人が来る結婚式で奥さんがシャキっとしていてくれるか心配で仕方なかったようだ。何と言っても新郎の両親だから、立ち居振る舞いがおかしいとみっともないと思っていたようだ。あっちに気を遣い奥さんに気を遣いでとにかく疲れて家に帰ってきた。どうやら何事もなく無事終わったようだ。我輩は前の日から泊まりに行った高橋先生んちの仲間と楽しいひと時だった。

そんな中でも我輩の散歩は毎日続いている。ウィークデーは主人と奥さん、休日はヤッちゃんも一緒だ。大磯は田んぼがなくなったとはいえ、まだ山には緑が沢山あり、大磯の海はこゆるぎの浜と言われて砂浜は長く広いので散歩には絶好の所だ。山手の公園と海に行けば放し飼いにしてくれて思い切り走り回り、ボール投げをしてそれを拾えばお菓子をくれるので本当に楽しい。時々、主人と奥さんは我輩に意地悪する。我輩が放し飼いで遠くまで行くと物陰に隠れるのだ。我輩が思わず顔を上げると主人も奥さんもいないではないか。それで大慌てで我輩は主人と奥さんのいた方へ猛ダッシュするのだが、ヒョイと顔を出して「ここにいるよ」と言うのだ。人間が我輩をおちょくって楽しんでいるのも滑稽な話ではないか。ヤッちゃんは歩くのが遅いので速足の我輩にはしんどいのだが、先に行ってる我輩がヤッちゃんが来るのをじっと待っていると、ヤッちゃんは「僕が来るのをちゃんと待ってる。僕が足が悪いのわかってるんだね」と言って喜ぶ。今までの付き合いでヤッちゃんのことはわかっているんだ。

そんなわけで我輩の散歩はおそらく普通の家庭とは比べものにならないくらい長い散歩だろう。それは一般に見られる〝仕方ない犬の散歩〟ではなく、〝家族でのお出かけ〟なのだ。もうすっかり我輩を家族の一員として認めてくれたんだと思いそれがとても嬉しかった。逆に我輩が主人や奥さんを楽しませていることもあるかもしれないけど。

大手術……2013年

1月末、気分がとても悪く嘔吐・下痢を繰り返した。とにかく胸の具合が悪い。昨日、キッチンにあった粗目の黒砂糖をこっそり食べたのが原因かと思ったが、あまりにおかしいので18時に主人が「りょう動物病院」へ連れて行ってくれた。早速、注射3本を打たれてその日はそれで帰宅した。

しかし、どうもおかしい。具合は少しもよくならず、翌日再び「りょう動物病院」へ行った。そうしたら原因不明のまま入院となったのである。

検査の結果では黒砂糖を食べたことが原因ではないらしく、何か飲み込んだものが胃から腸に向かって滞っているとのことで、入院して開腹手術をすることになってしまった。

翌日、主人が我輩に会いにきた。腸閉塞状態だったとのことで、全身麻酔で胃を1ヶ所、腸を2ヶ所開腹手術し、胃と腸に詰まった便を取り除いたとのことだった。便に混じって敷物の切れ端などが出てきたが、それは苦し紛れに便を出そうとして食べたものだろうとの先生の診断だった。

しかし、何で腸閉塞になったかはどうしてもわからない。

そんな中、主人も若く見えるといってもやはり老化は否めないようだ。昨年は右鼠径ヘルニアを手術し、今年は白内障の手術となった。これも奥さんの症状から判断して、〝今のうちにしないと〟との主人の判断だったようだ。主人は自分に何か起こったらヤッちゃんが天涯孤独になると思っていて、自分の健康には最大の注意を払ってコトが起こるより前に対処することにしているのだ。

喪失する記憶……2014年

主人は草花を育てるのが好きで、転勤していた大阪時代にも市民農園を借り作物を育てていたらしいが、ここ大磯でも4月に入ると市民農園を借りて作物を育てるようになった。これは奥さんのリハビリの意味も兼ねて始めたとのことだが、散歩にはいいところで我輩も時々一緒に行った。何と言っても土の匂いが気持ちよく、畑の中を転げまわると体中泥だらけになり主人にも奥さんにも嫌がられた。しかし主人に聞くと作物は買った方が安いとのこと。雑草は作物の3倍ほど生えるし、作物が出来ると早朝にカラスに作物を食われるしでイイ事ないよと言うのだ。

我輩は一足先に奥さんと帰るのだが来た道と違う道を歩くではないか。それを見た主人が追いかけてきて「あっち、あっち」と言って帰る道を教えることが多くなった。銀行で待ち合わせをした時は先に出た奥さんがいなくて探しまわったことがあり、どうも昔の記憶は残っても新たな情報はもう頭に記憶されないようだ。

主人の苦労募る……2015年

我輩の訓練はずっと続いていた。最近は訓練教室の「バウワウ」から我輩と奥さんを迎えに来てくれていた。我輩としては日常の生活と違う場所に行けるのでうれしくて車に乗った。

訓練の要領はすぐわかったので、我輩は言われたことを簡単にやってしまい、すぐ自分から自分の席に戻ってしまうのを見て、トレーナーの高橋先生も我輩のアタマの良さにいつも驚いていた。我輩には何でほかの連中が中々出来ないのか不思議だったものだ。

そんなある日、奥さんに連れられ散歩しているときだった。癇の強い犬が来ていきなり我輩の耳に噛みついた。結果的に右耳を半分噛み切られ、奥さんはその千切れた耳を手に持って慌てて家に帰って主人に報告した。主人はすぐ犯人を追っかけたがすでに遅し。犯人の姿は消えていて、そこにはもういなかった。我輩はケガをして血だらけの姿となったのだがそれほど痛みを感じなかった。直ぐ「りょう動物病院」へ行き手術となった。それからしばらくの間、傷口をいじくらないようにと、首の周りに傘のような装具を付けられ邪魔くさくて仕方なかった。

2～3日後、高橋先生に勧められて主人が被害届を出そうとしていたところ犯人が自首してきたではないか。やはりヤバいと思ったのだろうか。それで相手方の入っていた保険で治療費は支払うということになったのだった。

２０１５・７・13の主人の日記には、晴れ。蒸し暑い。全国的に猛暑日。新潟、秋田で38度。美恵子の第1回万田デイサービス日、とある。

とうとう主人も奥さんをデイサービスに出す決心をしたのだ。それは見ていても大変だった。奥さんは主人が目の前からいなくなるとすぐ探し回るのだ。主人が洗濯物をベランダまで干しに行っても探し回る。我輩は、主人が洗濯物を持って2階へ上がっていけば〝ああ、モノ干しに行った〟とわかるのだが、奥さんはそれを見ていても、主人の姿が目の前から見えなくなるとすぐ探し回るのだ。

時には外へも探しに行ってしまう。主人が外出する時には〝それじゃ行ってくるからな、待っててよ〟と言って出るのだが、すぐそれを追いかけて時には駅まで行ってしまうのだ。ヤッちゃんは、主人がいないと言って騒ぐ奥さんにたまらなくなって、主人の帰る時間に駅まで主人を迎えに行くことがよくあった。主人はヤッちゃんに「オイ、どうしたんだ」と聞くと、「お母さんがどうしようもないんだよ。お父さんがいないと言ってパニくっている」と言うのだ。

主人が物忘れより何より困ったことはこれだった。とにかくこの不安症で何処にも行けないし、目が離せなくなったわけだ。更にもう1つ、常に周囲からの注意が自分に向いていないと気が済まないのだ。友人仲間内で話をしていても、一時、自分がその話題の中から外れると機嫌が悪くなって、「帰る」と行って座をはずしてしまうのだ。だから仲間も段々と奥さんから離れていったのである。そういう奥さんを見て主人は、常に周囲に誰かがいて話しかけてくれる環境を作ろうとしてデイサービスを決心したのだった。

しかし、やはり最初は大変だった。主人もデイサービスなどすんなり受け入れられるかが心配だったのだが、いつも誰かが傍にいてくれるからと諭してようやく納得させたのだ。しかし、時にデイサービス先から「何で私がこんなとこにいなくちゃいけないの」と電話をかけてきて、そのたびに主人はいろいろ話をごまかしながらなだめていた。

1年ほど通っていたが、デイサービスは朝の送り出しと夕刻の出迎えが必須で、これが意外と主人の負担になることと、やはりデイごとのサービスでは納まらなくなってきて、ケアマネがショートステイの出来る施設を紹介してきた。
そして2月中旬、新たにショートステイが出来る施設に行くことになった。この頃奥さんはアチコチの病院通いをしていたが、主人の知り合いが紹介してきた鵠沼の医師のところへアロエの効果を期待して通い始めていた。アロエは様々な面で効果がある事はわかっているが、果たして認知症にも効果があるかはわからないものの、医師の主催する講義にも二人で行っていた。しかし、1年も経つ頃、主人も効果らしいものが見られず、見切りをつける時が来たと思ったのだろう。以来、すっぱりと止めてしまった。主人も藁をもすがる思いだったのだろう。

5月にヒデ君夫婦に長男が生まれ、主人と奥さんにとっては初めての孫となった。7月になってヒデ君夫婦がお宮参りに大磯に来た。そうしたら何と奥さんの顔がいつもとは全く違う表情になり生き生きとしたではないか。これには我輩も驚いた。しかし主人は驚いた一方、こういう環境下での治療とかリハビリの方法が必要なんだと感じたらしい。しかし、介護施設と言っても結局商売だ。安全に預かる以外のことはやらないし、人員も充てられず出来ないのかもしれない。出来ることならやはり自宅で面倒を見るのが一番いいのだろう。

体力の衰え……２０１６年

奥さんは介護保険制度の満杯まで利用できる範囲で２ヶ所のデイサービスを利用していた。そして今年はいよいよ２～３日のショートステイを中心とする施設に完全に移ることになった。

これの主たる目的は不安症による主人ほかへの負担を減らすのが目的だった。ところが、今年になると奥さんの様子が少し変わり、所謂、ボケの様態が強く見られるようになってきたのだ。それでも我輩の訓練には奥さんが行っていたのだが、訓練自体は高橋トレーナーが行い奥さんは椅子に座って眺めているだけになっていた。

秋になったら、我輩の右足の付け根あたりに変なコブが現れた。痛くも痒くもないがカッコ悪い。早速、「りょう動物病院」へ行ったのだが、病理検査の結果は「非腫瘍性付属器母斑」という難しい名前の腫瘍で悪性ではなく切除手術となった。

いやいや主人と同じで、若く見えても肉体の劣化はあるものだとつくづく感じた。

今年で我輩も12歳になった。人間でいえば60歳を過ぎた頃だろうか。このころから我輩の足も弱ってきた。左後ろ足股関節が弱ってきたのか跛行するようになった。そして右後ろ足も弱ってきていた。またまた病院通いだ。痛み止めとサプリメントをもらったが、しばらくは安静と言われてしまった。

暮れ近くなって、病院での検査の結果、十字靱帯の断裂はほぼ間違いないと診断され、大学病院で手術すれば歩けるようになっても年齢からみて又悪化の可能性が高く、体重減を図り、サプリと痛み止めでしばらく様子をみることとなった。

そうこうするうち、奥さんがショートステイでももたなくなってきた。それほど主人が付きっきりでいないと居られなくなったのだ。主人は夕食が終わると自室で絵を描いたり、音楽の譜面を作ったりするのだが、奥さんは1人でリビングにいることが出来ず、常に自分を相手してくれる人が一緒にいないと済まなくなってしまったのだ。そこで主人は自室に奥さんを連れてきて自分のやる事をしながら奥さんに話しかけるのだが、奥さん自体は主人の部屋でやる事がない。だから結局主人の部屋から出て行って、時には夜の外へ目的もなく出て行ってしまうのだ。もう主人としては危なっかしくて見ていられない。

この頃主人は頭にいわれのないぶつぶつが出来て困っていた。特に、痛くも痒くもないのだがかさぶたの様なものだ。シャンプーを変えたわけでもなし、フケ症とか脂性とかでもないのにだ。それが出てはなくなり、出てはなくなりを繰り返していたようだ。やはり主人にもストレスの負担がかかっていたのだろうか。

奥さんの引っ越し……2017年

とうとう、やむに已まれず主人は奥さんのグループホームへの入居を決心した。しかし、グループホームの入居というのはそう簡単にはいかない。なかなか空きがないのと、とにかく費用が掛かる。一軒の家を借り、一人の面倒を見てもらい、食費もかかるからだ。しかし、そんなことは言っていられない状況になったのだ。

今年も夏になると蒸し暑い日が続いた。真夏日とか、猛暑日とか昔はなかった言葉も生まれ、近年は、日中は外には出るなとTV放送でもいうくらい異常なほどの気温になる。

我輩にも以前にはなかった症状が出てきた。それに気づいたのは主人が先だ。これまでは玄関のピンポンがなると「誰か来た」と直ぐ吠えたのだが、最近、我輩が吠えなくなっておかしいと思ったらしい。呼ばれても聞こえないことが多くなり、大小便も間に合わずリビングでしてしまうことが多くなってきた。

やはり老化なんだろうかな。

11・17（金）　晴れ。11時、美恵子「りんどう」に入居、と主人は記録している。またまた人間1人の引っ越しだ。小ダンス、衣類、歯ブラシ、歯磨きなど家財道具と生活必需品をそろえて引っ越しだ。新しくベッドも買って主人が奥さんの部屋で半日かかって組み立てたそうだ。この日から奥さんは長らく住んだこの家から離れることになったのだ。もうこの家で生活することはないのだろう。

晩年の日々……2018年

主人の毎日は相変わらず忙しい。それは自分がそうしているわけだから仕方ないだろう。それが原因で大体は3月と11月に風邪をひくのが年中行事だ。いつまで経っても若いと思っているのだが間違いなく体力は落ちているはずだ。主人はそれに気付いてはいるようだ。だから無理はしないようにしているようだが、気が若いのと時間対効果（タイパ）を上げようとする気が強く、これが禍することがあるのだ。

我輩も最近すっかり歳を感じるようになった。トイレが頻繁になり「外へ出して」と頼むことが多くなり、時には夜中に我慢できなくなって主人を起こすこともあった。また、間に合わなくてリビングで粗相することも多くなった。

8月半ばになると秋風を感じるようになった。最近は、春と秋が短い感じがする。春が来たと思うとすぐ暑い日が来るし、涼しくなったと思うと急に冬になってしまうのだ。大陸的な気候になったのだろうか。

秋口に入ってどうも調子がおかしい。気分が悪くなり下痢便と血便が出るようになってしまった。食欲もなくフードも好きなご飯も食べられない。そのうち水も飲めないことになり、とうとう病院へ行くことになった。診断は腎臓が悪くなっているとのことでその日から腎臓食になったのだが、これがとにかくまずい。

血便と下痢は治まらず食欲はなく、このところ連日病院通いで注射も打ったが、診断結果はすべて腎臓から来ているとのことで、症状は悪化の一途を辿っていくばかりだった。

それでも散歩には毎日連れて行ってくれた。やはり我輩にとっては楽しい時間だからと思ってのことだろう。寒い冬の日もヤッちゃんと主人が、階段も上らなくていいなだらかな道を選んで短い時間だったが連れて行ってくれた。

奥さんもグループホームに入って1年がたった。主人は、周りの人が奥さんより10歳ほどは歳をとった人ばかりで、奥さんが〝朱に交われば〟になりつつあるようで本当に悩んでいるようだが、このどうしようもないことのストレスが溜まりつつあるようだった。しかし、主人はテレビや新聞で自分より大変な思いをしている家族がいるのをみて、まだ自分はイイ方だと考えているようだ。我輩も申しわけない気持ちで一杯だったが、それがどうも我輩の表情に出るらしい。主人は我輩をよく慰めてくれた。

最後の年……2019年

5月末に全国で猛暑日となり、北海道で39度、観測史上最も暑い5月ということになった。この頃になると、両後ろ足の踏ん張りも利かなくなり、玄関の上り下りも主人に抱きかかえられ、散歩も危なっかしく行かれない状態になった。耳も遠くなり、目も見えにくくなってきた。それでも散歩は毎日続いたのだが、もう遠くへは行かれず時間も短くなった。人間ならとっくに車椅子と介護ベッド生活なんだろう。

現代の犬にも犬本来の本能は備わっていて、ある部分では人間以上の能力がある。今の我輩が周囲の人間にどれほど迷惑をかけているのかはその本能でわかるのだ。自分の死に時が何時なのか、何時でいいのかは本能が察知する。動物の中には死期に際し自ら墓場に赴くものがいる。我輩もその時が来たのかと感じている。

２０１９・６・23（日）、意識が朦朧としてふらふらする。ここ2日飲み食いしていない。今日はほとんど身動きも出来なくなった。夕刻になってあまりにも様子がおかしいと思ったのか、主人に病院に連れて行かれた。しばらく先生と主人は話していたが、これ以上生きていても我輩が苦しい思いをするだけだろうとの説明を受けたのだろう。結論として主人は我輩の安楽死を選択したのだった。病院を離れる際、先生は一晩一緒に居られるようしたらとの話があったようだが主人はそれを断ったようだ。生き絶え絶えの我輩と過ごすのはいたたまれないことだったのだろう。その気持ちは我輩もよく理解している。我輩は病院の人達に抱かれて主人と別れた。今日が我輩の命日となった。夜半雨。

２０１９・６・25（火）、我輩はお骨となって我が家に帰った。主人は我輩の元気な頃の写真を用意していて、我輩を抱きながら、「こんなになっちゃったのかー」と呟いている。

それからしばらく我輩と主人の思い出話が続いた。

「そもそもお前が来ることになったのなんて本当に偶然みたいなものだったなー」

「そうですか」

「ブリーダーの人が自分で飼ってみたい魅力のある犬だという話を聞いてさ。よし、もぅ、この犬しかいないと思ったんだよ。こっちに連れてくる人がどうしてもいなければ俺が姫路まで行くつもりだったんだ」

「へぇー、そんなこと全然知らなかった」

「とにかく好奇心があって物怖じしなくて可愛かったよ。訓練に行き始めてからはそこで〝頭がイイ〟と評判になってさ。訓練内容を直ぐ覚えてちゃっかりほかの犬の訓練を見てたそうだな」

「ああ、それはそうでしたね。言ってる通りやりゃいいんだから」

「それにしてもよくいろんなところへ散歩したり、遊びに行ったりしたナー。暑い夏も雨の日も、真冬もさ。今になってみればみんな本当に楽しい思い出ばかりだよ」

「そうですね。私にはさっぱり何処だかわからないけれど、散歩は楽しかったな。何処へ行っても目新しいことばかりだし、皆んなが楽しそうにしていると自分も楽しくなりましたよ」

「大きな病気は最後の腎臓だけだったよなー。でも医者はアレは病気だけれど年齢から来る衰えだったそうだよ」

「柴犬に耳を噛み切られたり、足に腫瘍が出来たりしたけれどそれほどの心配なことはなかったですよね。耳の時は奥さんが噛み切られた耳のかけらを持ってあわてて家に帰ったっけ」

「大体において、お前自分を犬とは思ってないだろ」

「そうかな。まあ、人の言うことは大体わかるし、人間の言葉が喋れないだけだからな。そうかもしれない」

「俺もそうだった。お前の顔見れば何を言いたいのかなんてすぐわかったもんな」

「お前、体の調子が悪くなってから自分が主人に苦労させて申し訳ないと思っていたろ。ションベンやウンコもらすと申し訳なさそうにすごすご隠れたもんな」

「そりゃーわかりますよ。その場の雰囲気には我々は敏感なんです」

「それで自分も早く死ななきゃいけないと思ったのか」

「犬だって人間と同じですよ。周囲の雰囲気からそのくらいの機微はわかるもんです。ただ、死のうと思わなくても自然とそれを体が受け止めるんですね」

「そうか。どうもそんな感じがしてならなかった。お前の最期の姿を見ていたら〝もうこれでイイから〟と言ってるような気がしたよ。でも今にしてみれば俺もすまなかったと思ってるよ。あの時、怒鳴らなきゃよかったとかさ」

「ハハハ、でもそれが感情というもんですよ。我輩もちょっと前にはもう長い散歩も出来なくなり足を踏み外したりしたけれど、そんなに早く死ぬつもりはなかったですよ。でも、もう体の方が食べ物と飲み物を受け付けなくなっちゃった。ご主人が一生懸命我輩の好きな食べ物を口に入れてくれようとしたけれど、どうにもこうにも気分悪くて受け付けなかったですね。それで我輩も〝こりゃー、もうお終いかな〟とふと思ったんです」

「23日の夜、病院へ行ったとき、後ろの座席で俺のひざに頭を乗せたお前をなでていた時の感触が今でも残っているよ。その時、お前が〝幸せでした〟と言ってるような気がしてさ、ああ、これが最後なのかなーと思ったよ」

「私もそうでした。もう1人じゃ立てなかったし、ご主人に抱かれた時これが最後でいいと思いましたよ。……涙出てるんですか」

「そりゃー、いつもお前が傍にいて2人で話ししてたからナー。そんな相手が突然今日からいないとなると寂しいもんだよ。女房が家にいなくなってからは四六時中お前と2人きりだったからな。しゃべれなくてもお前が何考えているかなんてわかるし、今もリビングにいればお前が傍にいるような気がするし、庭に出ればお前が後を付いてくるような気がするし、外へ出ればお前と散歩してたのを思い出すし、とにかく何処にいてもお前が傍にいる錯覚を起こすんだ」

「そう言えばそうですねー。死ぬ直前を除けば、何時でも何処でもいっしょでしたからね。その点では奥さんより一緒にいた時間は長かったかも」

「そうだな、お前が来てからの時間で言えばまさしくそうかもしれないいな」

「でも、我輩が体調崩してからご主人とても優しく面倒見てくれましたよね。うれしかったな。医者には嫌なイメージしか残ってないけど、我輩のためにやってくれているのがよくわかっていました。ヤッちゃんも我輩のことを気にしてとても心配してくれましたよね。ヤッちゃんはどうしてます」

「あいつも寂しそうだよ。ああいう子だから普通の人のような感情の表し方は出来ないけれど、いたたまれない気持ちであることがわかるよ。〝タローが居なくなって寂しいね〟と言うと、〝ウン〟と言って顔がゆがんで声が震えるんだよあいつ。23日も病院へ一緒にいくかと聞くと〝行かない〟と言ってたよ。つらい思いをするのがいやだったんだろ」

「そうですか。ヤッちゃんも我輩がとても好きだったですからね。かじり付かれるのには閉口しましたが」

「あれがあいつの愛情表現なんだよ」

「そうですよね。だから我慢していました」

「いつになったらこの気分が癒されるのかなー」

「ご主人らしくないじゃないですか」

「そうなんだよ。自分でもこんなに大きなショックを受けるとは思わなかったんだよ」

「空気みたいなものですかね、我輩は」

「そうかな。当たり前のものが無くなって大いに困ってる……か」

「でも、いつかは来るもんです。不幸な死でなければ時間の問題だけ。私の場合も院長が言ってたじゃないですか。もう何時その時が来てもおかしくないって。残っても切ないと言ってフィラリアの薬なんか1ヶ月ごとにしかくれなかった」

「まぁ、そりゃーそうだけど。なんだか死んだお前に慰められているな」

「そうですよ。私は死ぬべき時に死んだのです。たまたま今回はその時期だったんですよ。だからそれは覚悟してないと」

「ただ、さ、繰り返しになるけど、お前が俺の苦労を察知して死のうと思ったんじゃないかとそればかりが気になるんだ」

「自ら死のうなんて犬は絶対に思いませんよ。さっき言ったように自然に体がそれを受けとめるんです」

「やっぱりそうか。ブリーダーの奥さんも言ってたよ。犬ってそういうものを感じ取るんだって」

「犬だって人間と同じですよ。人間にとって犬はペットと思っているかもしれないけれど、ワンワンと喋って、足が４本あって地に付いているだけなんですよ」

「お前と会ってそれが本当によくわかったよ」

「だから、〝我輩は犬ではある〟なんです」

「ハハハ、そうか。それでそうなのか」

「そう言えば、22日の夜、お前の食べていたフードを片付けて、容器を洗ってたら手を滑らせて床に落としたんだ。そしたら、そんなに割れるほどではないはずなのに、木っ端微塵に割れてさ、それで〝あっ、タローが死ぬ〟とお前の死が頭をよぎったんだ。これが虫の知らせかな」

「へぇー、そんなことがあったんですか。でも早く元気を取り戻してくださいよ。ご主人らしく前を向いていかないと」

「そうだな。それが俺の信条だし。でもなー……」
「もう、遅いから又明日にしましょう。私は何時でも起きてますから」
「そうだな。寝ればみんな忘れられるかな」

音のしない静かなキッチンで主人が1人夕飯の後片付けをしている。バンド仲間から励ましのメールが届き、次の演奏会では我輩のために「涙そうそう」を歌うのだそうだ。

それから3年、奥さんが「平塚ふれあいホスピタル」で亡くなった。グループホームで褥瘡を発症し、熱を出して病院に救急搬送され、それから約1年平塚市民病院での入院生活だった。炎症が続き、これの治療で腎臓に負担がかかり、その後人工透析を余儀なくされたとのことだ。その後、病院で出来ることはもうないと告げられ、「平塚ふれあいホスピタル」に移ったのだが、それからも何度か病院とホスピスの間を行き来した。たまたまこの時期に新型コロナウィルスが流行し、主人は移動の間にしか会えない奥さんを見てみるみる衰える姿に唖然としたようだ。

２０２２年2月、「平塚ふれあいホスピタル」から電話があった。この先も延命措置を続けるかここでやめるか決断をせまられたのだ。既に声をかけても反応もない状態ではあったのだが、生あるものの命を絶つことの決断をせまられたのだ。主人もまさか映画や小説にあるようなことがわが身に降りかかるとは夢にも思っていなかっただろう。主人としてはいたたまれない気持ちであったろうと我輩も思うのだ。そして、あと１週間ほどの命で何時でも連絡の取れるようにしておくようにと告げられ、主人は、連日、何もできない状態が続き、極度のストレスで頭のぶつぶつが激しくなり悶々とした日々が続いたようだ。それから１ヶ月奥さんは頑張ったのだが遂に3月22日に亡くなった。

我輩は奥さんの死を知らずに逝ったのでこの辛い場面を知らない。ヤッちゃんもう5年も奥さんのいない生活になっていたので涙もなかったようだ。

この年主人は80歳になった。奥さんがいなくなって何の気兼ねもなく話の出来る相手がいなくなったことに、とても寂しさを感じているように見える。絵を描いても陶芸をやっても何の反応もない日々の暮らしが寂しくてたまらないようだ。そのせいか年に一度しか見られない花はもうやらないことにしたはずなのに又草花を買ってきたではないか。そして毎日、その草花が大きくなるのを見つめている。それが主人の昼間の話し相手なのだ。生き物はもう飼えないとの苦渋の選択だったらしい。奥さんというものは美人とか賢いとかいう前に、かけがえのない存在なんだということを主人はしみじみと感じているようだ。

ヤッチャンももう45歳になった。でも相変わらず童顔で背は低いし中学生くらいにしか見えない。

キッチンに立って夕食を作る主人の隣でヤッチャンも料理を手伝っている。これが2人きりとなった毎日の生活の風景になっている。

位牌となった我輩は毎日こんな2人の姿を見つめている。

主人がため息をつきながらやってきた。

「タロー、お前『虹の橋』のたもとの草原にいるのか」

「そうですよ。体調も回復して食べ物も水も美味しいし、毎日仲間と楽しく過ごしています」

「そうか、俺が行くのを待ってるのか」

「いつかは来ると思っているのですけどね」

「そうだな。いつかは行くけどまだしばらくは待たせることになるよ。ヤッちゃんもいるしそう簡単に死ぬわけにいかないよ」

「そうですね。何もご主人が死ぬを待ってるわけではないですよ。その時には、一緒に橋を渡ろうと思って」

「そうか。元気になって暮らしているのを聞いて安心したよ。俺が行くのを気長に待っててくれよ」

「わかりました。私はもう年をとらないですから何時までも待ってますよ」


年の暮、その日は17度を超える暖かい日だった。主人とヤッちゃんは我輩の遺骨の一部を持って、かつて一緒に散歩した散歩道を歩きながら散骨したとのことだ。

さて、果たして2人は「虹の橋」を渡ったのであろうか。
それとも、まだ、タローは主人を待っているのだろうか。

終わり

あとがき

「我輩は犬ではある」として「……犬である」としなかったのには意味があります。

犬ではあるが人間の言葉をしゃべらないだけで我々の言うことはほとんど理解でき、人間と同じように意思を通じ合える、まさしくペットを超えた家族の一員であることに意味を込めました。

犬種によって特技も異なるようですが、我が家のタローは動物が本来持つ嗅覚とか聴覚能力もさることながらコミュニケーション能力に優れ、人の顔を観察し言葉を理解し学習能力に優れていました。これがレトリバー系の犬種が介助犬として認知される要因なのではないかと思います。

障害を持つ息子と介護を要する家族構成の中で、夫婦の生活スタイルに制限を余儀なくされ、飼い犬を通じて新しい展開を求めたかったのですが、まさしくタローがある意味我が家族の中心的存在となって、家族の癒しの象徴であったことは間違いありませんでした。

飼い犬に名を借りた介護の苦労を記した私小説の色濃く、読む人が精神的負担を感ずるかもしれませんが、新聞やテレビで同じような境遇の家族のニュースを見るなか、上には上がいる思いを持ちながらも、そのような家族と思いを共有できればと思うと同時に、幸せな家庭にも理解いただければと思う次第です。

著者プロフィール

加藤　泰広（かとう　やすひろ）

1942年生まれ、東京都出身、神奈川県大磯町在住
1965年、学習院大学政経学部政治学科卒
1965 ～ 2004年、商社勤務
退職後は趣味三昧
趣味　陶芸、絵画、音楽

我輩は犬ではある

2025年２月15日　初版第１刷発行

著　者　加藤 泰広
発行者　瓜谷 綱延
発行所　株式会社文芸社
〒160-0022　東京都新宿区新宿1－10－1
電話　03-5369-3060（代表）
03-5369-2299（販売）

印　刷　株式会社文芸社
製本所　株式会社MOTOMURA

ISBN978-4-286-26177-5